CB137409

José Carlos Peliano

Nada mais

KOTTER
EDITORIAL

Copyright ©José Carlos Peliano, 2025.

Direitos reservados e protegidos pela lei 9.610 de 19.02.1998.
É proibida a reprodução total ou parcial sem autorização, por escrito, da editora.

Diretor editorial: Sálvio Nienkötter
Coordenação editorial: Claudecir de Oliveira Rocha
Editor-executivo: Claudecir Rocha
Editor-assistente: Luiz Felipe Cunha
Capa: Jussara Salazar
Design editorial: Carlos Garcia Fernandes
Produção: Joehverson Guslem Jacob
Preparação de originais e revisão: O Autor

Dados Internacionais de Catalogação na Publicação (CIP)
Angelica Ilacqua CRB-8/7057

P436n

Peliano, José Carlos
Nada mais / José Carlos Peliano. – 1. ed. – Curitiba : Kotter editorial, 2025.
100 p. : il.

ISBN 978-65-5361-400-0

1. Poesia brasileira I. Título

CDD B869.1

25-0241

Kotter Editorial Ltda.
Rua das Cerejeiras, 194
CEP: 82700-510 - Curitiba - PR
Tel. + 55(41) 3585-5161
www.kotter.com.br | contato@kotter.com.br

Feito o depósito legal
1ª Edição
2025

José Carlos Peliano

Nada mais

tributo à poética
de amor de Pablo Neruda

Sumário

Nota do editor 11
Nota do Autor 13
Confesso que entendi 15
Nada mais 16
Que tu andes, andes em mim, Andes 17
En ti los ríos cantan 18

Nada Mais
ou
(60 poemas de ardor
e 3 canções desenlaçadas)

60 poemas de ardor

plêiades 23
uma, duas, três - 1 24
arquipélago 26
Para-quedas 27
onde está você? 28
alta tensão 29
teu corpo 30
interlúdio 31
flor de maracujá 32
também pudera 33
velas levantadas 34
vestida de nada 35
que nem-I 36
Almodóvar-I 37

condor 38
aquele aceno 39
as tuas pernas 40
escuro 41
passagens 42
teu sorriso 43
tardança 44
universos paralelos 45
tomara que caia 46
Almodóvar-II 47
soneto drummondiano 48
tesão 49
uma, duas, três-II 50
teu lugar 52
de partida 53
sei ou não 54
a caminho de você 55
elos 56
feito vidro 57
mar sem mar 58
todos os sóis 59
andarilha 60
desconsolo 61
revelação 62
que nem-II 63
uma mulher nua 64
apoteose 65
vertente 66
alumbramento 67

toque feminino 68
variações marítimas 69
como pode? 70
olho por olho 71
Variante 72
veredas 74
labareda 76
poema da paixão impossível 77
pérola 78
plantão 79
curverso 80
o vestido 81
lua nova 82
perfuratriz 83
companhia 84
cortejo 85
Paraíso 86
Bússola 87

3 canções desenlaçadas

Kilimanjaro - 1 91
Borboletas - 2 94
flor aprisionada - 3 95

Resumo literário de José Carlos Peliano 97

Nota do editor

Nada Mais, de José Carlos Peliano apresenta-se como uma obra lírica de notável sensibilidade, construída como tributo declarado à poética de Pablo Neruda, mas desenvolvendo uma voz própria e contemporânea. A coletânea explora predominantemente temas universais como o amor, o desejo carnal, a passagem do tempo, a memória e a solidão, tecidos com uma linguagem que combina o erudito e o coloquial. Os poemas destacam-se pela riqueza imagética e sensorial, com metáforas que frequentemente associam elementos naturais a estados emocionais, reminiscente tanto do lirismo nerudiano quanto da tradição modernista brasileira, ecoando por vezes a irreverência de Drummond e a musicalidade de Vinícius de Moraes. A estrutura formal varia entre sonetos rigorosamente construídos e versos livres mais experimentais, demonstrando domínio técnico e versatilidade estilística. O uso recorrente de aliterações, assonâncias e rimas internas confere musicalidade marcante aos versos, enquanto as repetições e paralelismos criam ritmos hipnóticos que reforçam a carga emotiva.

Enfim, sua habilidade em capturar emoções intensas e traduzir paisagens sensoriais em versos bem trabalhados é notável, ainda que alguns poemas possam beneficiar-se de maior concisão para fortalecer seu impacto. A combinação de uma escrita apaixonada, uma construção imagética refinada e um olhar humanista fazem deste livro uma leitura indispensável para os amantes da poesia.

Claudecir Rocha[1]

[1] Claudecir Rocha possui gradução em Letras, mestrado e doutorado em estudos literários pela UFPR. É editor na Kotter Editorial e na Editora Anticítera.

Nota do Autor

Li *Confesso que vivi* de uma sentada, acompanhando as narrativas autobiográficas de Pablo Neruda pelo Sudeste Asiático, Europa e o continente latino-americano. Em especial, a difícil travessia pelos Andes me tocou pela força e tenacidade demonstradas ao escapar da perseguição político-militar no Chile. Em *20 poemas de amor e uma canção desesperada* estão alguns de seus poemas marcantes, cheios de voos líricos e apaixonados. Esses e outros livros seus o tornaram, para mim, um dos meus poetas prediletos.

Nenhum escritor nem poeta tem unanimidade de crítica por suas obras publicadas. Neruda e alguns célebres escritores e poetas do mundo, como Goethe, Rabelais, Stendhal, Balzac, Jorge Amado, Alejo Carpentier, Zola, García Márquez, Lorca e Proust, entre outros, foram rejeitados pelo grande escritor e poeta consagrado Jorge Luis Borges, que não nutria por eles simpatia literária.* Muitos deles e outros mais, no entanto, ao redor do mundo, reconheceram sua maestria e arte na escrita, a ponto de levá-lo a ganhar o Nobel de Literatura em 1971 e a se consagrar como um dos mais importantes poetas da língua espanhola.

O poeta Thiago de Mello disse que "não existe fita métrica para medir quem é grande, quem é pequeno, quem é mais, quem é menos. Somos simplesmente poetas, o que somos"**. Assim, empatia é o que dá o retoque final, ao sobressair a preferência pessoal pela obra do autor.

Nada Mais apresenta, em poemas, minha especial simpatia à lírica de Neruda, por ter resgatado, entre outros, o amor — sentimento tão descaracterizado e vulgarizado ao longo dos anos; por ter elevado, com sua arte literária, o país irmão, o Chile, a uma posição tão elevada e majestosa quanto os Andes, cuja beleza e emoção nenhum de nós deixa de se surpreender; mas também por ter acreditado e lutado, com seu humanismo sem fronteiras, pela igualdade de direitos inalienáveis de liberdade, justiça, solidariedade e cooperação entre todos nós.

****Com Borges***, Alberto Manguel, p. 64, Editora Âyiné, 1ª edição, 2018, Belo Horizonte.

** ***Dois Oceanos***, José Carlos Peliano, orelha do livro, Editora Bárbara Bela, 1999, Brasília.

Confesso que entendi[2]

a Pablo Neruda

as paixões e os versos de Neruda
vinham dos voos claros das manhãs
(onde ave por ave o dia desnuda
cores e sons de mil Aldebarãs)

tinham luz indizível de um buda
ao revelarem santas e pagãs
na dança do universo que ajuda
alvorecer benditos e satãs

vinham com a magia do condor
abrir o azul do vale ao monte
para a vida tomar corpo e calor

seguiam corações por cada fonte
de trabalho, justiça e de amor
braços dados aos braços do horizonte

---

[2]Alusão a sua autobiografia, *Confesso que vivi.*

Nada mais

a vida de um homem ou mulher
é pequena, ou é grande, ou é nenhuma
nos passos, emoções ou no olhar

qualquer um dos dois, cada um na vida
é simples, ou é mágico, ou nenhum
como o retrovisor, deixa espelhar.

um poeta está nos versos plantados
em foco ou fora de foco em imagens
por palavras colhidas pelo ar

do dom de Neruda, o Pablo chileno,
a casa Sebastiana[3] dia a dia
guarda poesia a ressuscitar

depois de seus poemas conhecer
os seus líricos reinos descobrir
nada mais temer, seu dom almejar

---

[3] Sua morada em Valparaíso, Chile

Que tu andes, andes em mim, Andes[4]

Me arranquem o coração
ainda aos pulsos, aos suspiros
quando deitar ao meu lado a morte
me agarrar com suas mãos compridas
e me levar do sol, da lua e dos braços de você

Levem meu coração
em suas derradeiras cores de sangue
para que os pássaros do altiplano
tirem pedaços do amor
que ainda bata nas sombras
de seus desmaios
e derramem a energia vermelha
e indefinível de minha presença
entre lhamas, vicunhas e palhas bravas

---

[4] Publicado no Correio Brasiliense em janeiro de 2019

En ti los ríos cantan y mi alma en ellos huye
como tú lo desees y hacia donde tú quieras.

(Poema 3)

Emerge tu recuerdo de la noche en que estoy.
El río anuda al mar su lamento obstinado.

....

El cinturón ruidoso del mar ciñe la costa.
Surgen frías estrellas, emigran negros pájaros.

Abandonado como los muelles en el alba.
Sólo la sombra trémula se retuerce en mis manos.

(La canción desesperada) [5]

[5] *20 poemas de amor e uma canção desesperada.* José Olímpio Editora, Rio de Janeiro, 1978, 4ª edição, pp 17, 70 e 75.

Nada Mais
ou
(60 poemas de ardor
e 3 canções
desenlaçadas)

60 poemas de ardor

plêiades

uma auréola tênue da manhã
sobre os seios da noite sempre e quando
úmida cor sem cor da cor terçã
cobre o colo da terra se orvalhando

por entre sóis desponta Aldebarã
ao descobrir azuis iluminando
o morno ventre nu da antemanhã
rebrilha ao mostrar as luzes em bando

águas que viram chuvas e desertos
viram os altiplanos e lagoas
viram as cordilheiras e vazantes

meus volteios em teus seios despertos
viram sons sensuais que tu entoas
viram os nossos corpos nus, amantes

uma, duas, três - I

a primeira se atrasou
esqueceu o endereço
procurou e não achou
perdeu-se desde o começo

perguntou a quem passava
trafegou na contramão
não sabia se parava
ou rodava igual pião

a tensão foi se instalando
nervosa pôs-se a chorar
veio a noite acomodando
com bocejos de encerrar

a segunda não chegou
pois do quarto nem saiu
agonia virou show
a casa quase caiu

ao pôr o melhor vestido
para aquela ocasião
um borrão desconhecido
alastrado em profusão

tirou tudo do armário
porém nada combinou
lá se foi então o horário
e o encontro não rolou

a terceira ele encontrou
em passeio pela praça
de repente enfim o gol
em jogo de sorte e graça

muito encanto no olhar
muito olhar e encantamento
ela se deixou levar
junto dele em sentimento

sem ter nada combinado
bate-bate coração
o desejo anunciado
encontrou nova paixão

arquipélago

procuro em tua face um continente
como quem sente algo além do muro
hesita partir, mas quer ir em frente
à procura das terras que eu procuro

um ar em tua face diferente
que te faz seduzir e o torna puro
como quem se aproxima a algo ausente
procura achar amor que eu procuro

em tua face um ar que o continente
respira longo e o tem nas mãos maduro
como quem sorve o fruto incontinente

um continente de ar claro e escuro,
que se vai percorrer avidamente,
como quem quer a face que eu procuro

Para-quedas

vou de para-quedas me acercar de seu coração
milhares de fraldas de vento e sóis e nuvens acima
pássaro de braços e pernas e um desejo arrebatado

espere-me de olhos e amor abertos
naquele véu insone, translúcido
carregado de encontros tidos e repetidos
em volta de seu corpo palmilhado de tesouros
e bemquerença

linda, minha linda,
serei bem-vindo
como você é bem e inteiramente vinda?
serei em você eu e você ainda
você e eu em mim, em viagem infinda?
Seus olhos moram nos meus ainda
ainda ontem, ainda hoje, ainda amanhã
e sempre ainda

onde está você?

demos os braços, eu e a saudade
saímos à procura de você
achamos passos por toda a cidade
de nosso desencontro sem porquê

pelo parque que passamos, e se vê
no nosso banco a sua metade
à espera da volta de você
guardada agora por minha vontade

o rosto da saudade lembra os seus
dorso, seus beijos, abraços, e no mesmo tom
revivo seus cuidados com os meus

não é igual, eu bem sei, mas é bom
a saudade se faz então de deus
traz você ao meu lado por seu dom

alta tensão

chegaram os dois em sonhos de valsas
aos abraços e beijos, o roteiro
duas paixões intensas, nada falsas
o flat logo no piso primeiro

ela abre a blusa e solta as duas alças
sutiã ao chão, desce o resto inteiro
ele também, depressa, solta as calças
segue do mesmo jeito, igual roteiro

frente à frente sem as roupas, pelados
ela corre direto ao chuveiro
tomar ducha, assim como outros cuidados

ele vai atrás dela no banheiro
ao lhe alcançar, ouvem transtornados
bater e gritar na porta, o porteiro.

teu corpo

teu corpo não é sem a mão longa do desejo
sem a floração da bromélia, a cada vez
o arrepio no enlace de tua pele

teu corpo não é sem o calor espiralado
encher de nós seus músculos e nervos
deixar tua boca sedenta de vontade e precisão

teu corpo não é se o meu não vier dar-lhe espelho
uma taquicardia sem freios
nas mãos as veias e o peito desamarrado

teu corpo não é sem a febre incerta e não sabida
com cheiro de jasmim e acalanto
olhos grudados nas portas abertas
para o prazer sem tamanho e poente

interlúdio

esta chuva que escorre desvairada
pelo rosto embaçado da vidraça
não percebe que chega a toda e cada
dobra de dor que me torce e abraça

o silêncio molhado que nem traça
corrói a roupa ao corpo, desusada
me põe a nu sem sorte, amor e graça,
diante da manhã que promete nada

ilhado pela chuva e pela dor
não dou conta do que mais me doeu,
se foi amor errado ou desamor

da amarga dor do que em mim morreu
à dor de não chegar a ter amor,
procuro achar na chuva quem sou eu

flor de maracujá

deixe-me o brilho de seus olhos
o cheiro de terra úmida
o encanto da flor de maracujá

minhas noites terão luzes próprias
vagalumes dependurados em meus cabelos
você me revelando o paraíso

também pudera

ruas passam por volta de veículos amontoados
uma saudade repentina da mulher de vestido estampado
um sol carregado por nuvens me esconde a direção
não ouço mais meus passos sobre os dias mal dormidos

também pudera, não quis segui-la naquela manhã
o perfume velho conhecido marcava sua partida para nunca mais
meus sapatos resistiram entrar em meus pés
meus pés perderam o rumo, a ousadia e o calor
o fogão estava frio e prenunciava falta de gás

o relógio me tilinta no pulso agora o peso das horas
o rosto dela me olha ainda estupefato entre lembranças embaralhadas
o gosto de seus lábios me acena lá do fundo de minha precisão
guardo ainda no bolso um vazio sem tamanho e sem cuidado
corro atrás da parada de ônibus defronte da multidão

braços, pernas, suores e cansaço me acolhem no fim de mais um dia de trabalho
sigo para lugar nenhum, mas sigo para algum lugar
quem sabe para não mais seguir, quem sabe
meus olhos pesados me levam para um cochilo entrecortado
o último que sair, apague a luz e me deixe

velas levantadas

em meio ao dia
e travessias de águas invisíveis
costumavas vir me buscar com a cor vermelha da goiaba
para eu te servir do meu barco ancorado

tuas mãos sabiam bem como me cobrir de dedos
rituais fogueados e conquistas de terras cada vez sem limites
tuas mãos te celebravam em mim

tua cor ocupa os sinais do tempo trazido a mim
tuas mãos me deixaram os dedos na pele
e uma lembrança que faz do calor um ritual
enquanto meu barco permanece atrás de tuas águas com velas
levantadas

vestida de nada

uma mulher alegre e despojada
vestida da cabeça aos pés de nada
logo de manhãzinha radiante
dádiva abençoada, esfuziante

a visão fica logo extasiada
a imaginação vira cobra ou fada
de um canto a outro segue saltitante
pelo corpo nu no mágico instante

um fenômeno humano universal
em jogo uma adição de movimentos
velados ou não dão o ritual

olhos, corpos, cabeças, sentimentos
de um ao outro vem logo o sinal
com os prazeres e atrevimentos

que nem-I

o halo vertido de tua boca
em enxame de desejo
desabotoa meus sentidos
que nem a lua cheia de cristais
debruçada no dorso do infinito

que nem um farol palmo a palmo sobre o oceano
em atol sedento de madrugadas atrevidas

que nem as madrugadas atrevidas
acordando manhãs afogueadas de sóis empoleirados

que nem

nem que

nem que tua boca me adivinhe
em universo de cristais, faróis e oceanos

Almodóvar-I

A Juan Cunha, poeta uruguaio

despia-se o amor teu enlouquecido
por entre cada teu suspiro em cheio
roçado o dia ao dia antes de tido
o colo da manhã crispando o seio

houvesse um olhar de olho invadido
pudesse vê-lo se pouco em permeio
quisesse tê-lo o brilho enternecido
viria abrir amor no corpo um veio

fui a manhã a cada manhã cheia
luz esparramada e desguarnecida
a chama ainda arrasta, arde e incendeia

meu amor debruçado em tua vida
uma, outra mão após vaga e semeia
onde o teu amor, tua despedida

condor

a tua boca tem o tamanho do amor
o teu amor derrama pela boca
entra em mim voando
do jeito do condor
que leva amor insano
à boca larga do altiplano

aquele aceno

aquele aceno que se vai ao longe
feito uma pipa trêmula no espaço
deixa no corpo as veias entupidas
de amargor sem pouso e sem compasso

aquele aceno que desaparece
entre a palidez e a perplexidade
arrasta atrás de si um transatlântico
irrompendo no cais de uma saudade

aquele aceno ainda acena a cena
pelos focos nublados da visão
com os olhos fechados de tristeza
ou abertos por súbita ilusão

aquele aceno preso na lembrança
tormenta em pedra de arrebentação
machuca quando parte em retirada
maltrata quando chega de roldão

as tuas pernas

fosse romântico, eu exaltaria
as terras de luz de léguas eternas
onde o prazer eu sempre encontraria
no passo sensual de tuas pernas

parnasiano fosse, a nostalgia
dos encontros alados onde hibernas
me faria revê-la a cada dia
na alva recordação de tuas pernas

modernista, o espaço de uma reta
que vai de tuas pernas ao desejo
faria em versos de aplicado esteta

fosse qual fosse a forma do lampejo
de mim não faria o melhor poeta
que visse em tuas pernas o que vejo

escuro

um por sem sol com um luar sem lua
três dedos de whisky viram um
postes e faróis sem luz pela rua
o escuro virou coisa comum
nem mesmo um vagalume desvirtua
não se encontra vela em lugar algum
faz falta a claridade que é tua

passagens

passam os dias na janela
feito pássaros levados de vento

só não passam seus olhos
para levarem os meus

teu sorriso

a que vem teu sorriso de Gioconda?
teu rosto no começo da manhã
não há chuva, nem carros que o esconda
nem acidente, nem febre terçã

aqui vem teu sorriso de Gioconda
vestido de bromélia ou de vilã
atrás de um sabiá ou anaconda
em lábios de vinagre ou avelã

descerá o véu nas costas do dia
diante dos meus olhos e dos teus
ou permanecerá paralisia?

alguma luz da noite pelos breus
ou o tigre invisível da agonia
para acomodar teu sorriso aos meus?

tardança

um pedaço de céu entra pela janela
o cansado azul do final de tarde
os olhos esgazeados do sol retirante
as árvores recolhidas e pacientes

o ar se esquiva do altiplano
as nuvens enxergam longe
o dia se despede e vai só
a primeira estrela demora a iluminar

telhados cobrem-se de cores
um espaçoso silêncio teima em ficar
sua foto na estante esbanja companhia
a porta aberta do mesmo jeito de ontem

meus ouvidos não cansam de procurar-lhe
os olhos de achar-lhe entre os minutos
as mãos secas para acomodar-lhe
trago a noite inteira para seguir-nos

universos paralelos

em meus braços, um universo
com órbitas e arroubos luminosos sem limites
do tamanho e fora das bordas da imaginação

você ultrapassa meus braços
com seu universo de dimensões imprevisíveis
onde me desoriento em nebulosas e galáxias
de seu corpo estrelado por imensidões e delícias

tomara que caia

será na banda de fora de mim
onde varandas e pardais estão
colibris e abelhas no jasmim
chuva e antenas de televisão?

ou então pelas veias de marfim
no teclado do tom do coração
pulsos, trombetas e névoas sem fim
que me vem, vem que vem, de não sei não?

às vezes chega o sol e dá o mote
outras os seios, os lábios, o dia
o pulo do gato, o truque do bote

não explica a razão nem cadencia
o tomara que caia do decote
ao olhar de prazer da poesia

Almodóvar-II

(ao filme **Fale com ela**)

leva o coração antes que não veja
uma vez mais a dança dos vestidos
em mulheres de lábios com cerveja
antes que os braços quedem retorcidos

leva o coração raso antes que seja
escura a dor purgando olhos partidos
morto o desejo que ainda lateja
antes que não mais ouçam os ouvidos

com pulso ainda sem destino certo
leva o coração e não deixa nada
nem lágrimas de areia no deserto

cede a pele à cor sem cor infiltrada
perto do grito longe muito perto
do beijo à boca, ao fim, desesperada

soneto drummondiano

oh! meu mundo que diz ser mundo
trago um melhor no coração
nem se chamasse Raimundo
chega a ele quem quero não

mundos vi por onde circundo
guardados na palma da mão
cabem no meu, o mais profundo,
sem dia ou hora ou estação

basta-me o meu porque fecundo
em desejo, paz e ilusão
onde deito, rolo e abundo

mas não fico sem outro não
mesmo se difícil e imundo
pois tem você, minha paixão

tesão

meus olhos tomam minhas mãos em frente
impetuosamente impetuosos
levam tridentes ímpetos da mente
de reinados e deuses poderosos

caminho em descaminho onipresente
devaneios de espelhos portentosos
o desejo se espalha, ágil, potente
inventa e segue ritos preciosos

não sou mais eu quem entra então no ato
que delirante vem cheio e inunda
de ardor e prazer o olhar e o tato

ah! tuas belas pernas, coxas, bunda
teu corpo esvoaçante sem recato
chama o lume a paixão doida e profunda

uma, duas, três-II

a primeira veio a mim
muito bem recomendada
de pretérito perfeito
um presente sem defeito
de futuro abençoada
vivia em sapato alto
roupas de ocasião
não saia do asfalto
nem de sua opinião
entre nós um continente
de cultura e tradição
nele não cabia a gente
pouco sim e muito não

a segunda apareceu
sem saber se aparecia
muitos laços amarrados
com os braços sempre dados
de repente e todo dia
muita paz e muito amor
muito amor e muita paz

dava aos outros mais valor
pouco a nós ou nada mais
entre nós gente com gente
eu e ela quase não
assim foi que de repente
acabou-se a união

a terceira eu encontrei
em bloco de carnaval
fantasia de barata
olhar e corpo de gata
me levou pelo miau
cabeça feita e feliz
de sorriso exuberante
me fez dela um aprendiz
um cativo acompanhante
cada dia outra alegria
ela e eu num só lugar
o amor que ali nascia
veio então para ficar

teu lugar

por tudo, em tudo, com tudo
nada é bastante para bastar e desbastar
o teu lugar dentro em mim
por tudo, em tudo, com tudo
tem espaço sem tamanho
um tempo sem medida
prazer sem começo e fim
o paraíso começa ali
a vida só tem a aprender

de partida

vai, voe céu afora ao claro azul
alaranjadamente em todo azul
leve junto essa tarde em cor astral
em colmeias de nuvens por igual

fica a cadeira, o quarto e a sala a sós
o fantasma de seu cheiro sem voz
vida ao lado partida no poente
de partida para outra vida em frente

vai, voe longe e alto e leve o azul
plante o azul nos céus ao norte e ao sul
seus olhos, seu sorriso e sua voz

seguirão aqui os dias sem cor
a nave insustentável do estupor
boca seca, garganta atada em nós

sei ou não

se a sei eu não sei, mas eu sei que sei
nas veias levando o meu coração
que os meus olhos enxergam como lei
os meus pés acompanham pelo chão

que a sei eu sei, eu sei? como hei?
se não se aquieta o tempo em minha mão
se o reino seu não me fez o rei
se tê-la pode vir desilusão

o que sei cabe ser pouco ou demais
com os dias que a trazem a mim
barco a barco me fazendo cais

de suas flores sei em meu jardim
sabê-las só me faz querê-las mais
e do que não sei, sei amá-la assim

a caminho de você

a caminho de você
a poucas horas de somar dois
tomo da voz de Andrea Bocelli
faço curta a rodovia nos acordes de Caruso
canto em coro o CD com os ventos
me ovacionam delirantes meus olhos e cabelos

a caminho de você
sou por momentos e arroubos
um dos tenores de todas as Itálias
cego de amor pelo que o amor pode ver

elos

perguntam-me teus olhos dançarinos
frente a um panorama que sabemos
o que os meus também querem, peregrinos
e sempre nos escapa e percebemos

chegam a ti meus olhos como sinos
com os sons que somente nós dois temos
e que fazem dos olhos teus, ladinos,
espelhos de tudo o que pretendemos

perguntam-me teus olhos irrequietos
o que os meus não conseguem responder
quando nós nos mostramos incompletos

os meus te acolhem cheios por temer
que eles fiquem vazios, mas repletos
de nada que nos possa oferecer

feito vidro

um beijo agarrado na vidraça
do lado que ficou de fora
se entregou a dois lábios
secos de esperar do lado que ficou de dentro

um desencontro ficou marcado na janela
as esperanças cortadas feito vidro

mar sem mar

esse mar adereçado
por coqueiros e palmeiras,
agrestes e imperiais,
margeia o teu corpo nu
ao norte e ao sul do desejo,
que te levo em ondas largas
 azuladas de imaginação

nesse mar desconhecido
de teus sóis e tuas praias,
que invento quando bem quero,
aos dois banham minhas águas

todos os sóis

duas flores brotavam de seus olhos
coloriam um sorriso largo
indefinível, arrebatador, abençoado
onde a mais clara manhã bendita
algum dia deitada à minha frente
não poderia nunca repetir o encontro
mesmo com todos os sóis
convidados das bordas do universo

não sabia onde colocar os clarões da minha alegria
que não me cabiam de esplendor
em ciranda voavam à nossa volta
feito um bando de colibris adornados

meu coração batia descompassado ao seu
em dueto sem a menor chance
de reter o ritmo da melodia
mas o prazer de tocá-la
sem norte, partitura ou conjunção

andarilha

leve-me para uma ilha
lá será nosso continente
três ilhas entrelaçadas

triângulo amoroso
geometria apaixonada
fora dos mapas e da física

desconsolo

a tarde voltou sem notícias
de fôlego menor que meu desejo
tirou das mesas ao lado meus olhos
deixando-os vazios no bar vazio
sem pernas para seguir

um pensamento vestido de mulher
que me fazia companhia há horas
caiu no chão de cansaço

revelação

teu sorriso ainda me traz o mar
onde guardo o barco de plumas
para ir ter a ti no colo das ondas
nas manhãs que não terminam

meu barco segue sem rumo teu mar
nas tardes que não despedem
nas noites que não madrugam
no teu sorriso que não adormece

que nem-II

a lua saiu das nuvens
desabotoada da blusa da tarde
que nem um seio solto, desavisado
farol de motocicleta entre brumas
holofote noturno fora de rota
que nem tua boca desgovernada
atrás do rosto de meu nome
que nem a eternidade desse instante
que nem a redenção anunciada

nem que
nem que tua boca fique na celebração
sem passagem de volta marcada

uma mulher nua

uma mulher nua
desabrocha e se insinua
na lua de carne que eu vejo

uma mulher nua
é paixão servida crua
nas mãos das mãos do desejo

uma mulher nua
veste nudez que flutua
por olhos que apuram manejo

uma mulher nua
faz muito bem à saúde
e o corpo todo agradece

apoteose

entre de um jeito ou de outro jeito
de ontem o desejo ou de repente
chega a hora e a vez de ter o feito
feito ou desfeito ao seguir em frente

se é preposição o som perfeito
ou verbo outro som, eco consequente
o resultado não vai ter defeito
entre entre é razão só iminente

entre os olhos a imagem que perdura
entre os lábios as bocas engolidas
entre os seios o peito aventura

apoteose de amores e vidas
entre as pernas a mágica abertura
onde entram entre veias atrevidas

vertente

tua boca
largue-me tua boca
em tua boca, a primavera

alteie o sol com gaivotas
torne o dia azul vermelho
e tua boca me deixe
a vertente

alumbramento

fosse o Criador das escrituras
o big-bang da ciência física
o nada absoluto do budismo
a gnose revelada aos poetas
dar-te-ia um caminho de estrelas
até as fontes eternas do infinito

fosse eu o que não sou
não seria o mesmo que te quer
ao dar-te um amor apaixonado
dias e horas sem conta de encantamento
do tamanho de meu desejo iluminado
ao ver e cuidar das flores que te ornam,
que fazem bem a mim e às estrelas
em cores e perfumes que deixas pelos caminhos

toque feminino

largar a língua, passear por teu corpo
por rodopios zonzos de impressões
rastros úmidos de conquistas
paradas saborosas de prazer
entre pelos, contornos, alternâncias

não resistir à boca ávida, aventureira
seguir a geografia diversa dos beijos
duas loucas variações incontroláveis
na disputa do torvelinho com as mãos
duas frenéticas posseiras de arrepios

o ritual do prazer tem o toque feminino
língua, boca e mãos sabem mulher
ao preparar o vaso, molhar a flor
para as pétalas se abrirem encantadas
ao bico frenético do beija-flor

variações marítimas

inquieto e caudaloso o olhar teu em nau frágil
sucumbe ao meu oceano de desejo em naufrágio

cilindradas sem conta nas ondas roucas de teu corpo, mar é moto
teu corpo em meu corpo, oceano em oceano encapelado, maremoto

chegas a mim, eu a ti, atração magnética põe-se a fundar
eu em ti, tu em mim, nossas defesas deixam-se afundar

mesmo um deus veria a ti saindo das ondas vestida por dez águas
tua luz vem da deusa em ti que pelos oceanos e mares deságuas

nas calmarias e tormentas do desvario tua paixão embarca a ação
nos teus mares e oceanos tormentosos, ancoro minha embarcação

como pode?

como pode um coração
desavisado, intocado, menino
acolher outro coração
encantado, emocionado, translúcido?

como vem um dos sortilégios dos dias ensolarados
se deparar com outro dos reinos sem fronteiras
aos braços do primeiro olhar imantado?

como pode um caber no outro com malas e bagagens
transbordados de alegria sem bordas e dimensões
por um magnetismo sem cura nem desfecho?

como deles vinga um sentimento maior que os dois
onde pássaros, flores e manhãs perdem o brilho
e se abençoam da chama do que se chama amor?

olho por olho

meus olhos foram ter aos seus
e me viram com bons olhos

seus olhos vieram ter aos meus
e ficaram encantados de lhes verem

nossos olhos precisam de olho por olho
para se quererem de olhos abertos
e se sonharem de olhos fechados

Variante

um poema de um segundo
é o poema que é o primeiro
a ter de chegar ao mundo
sem haver nascido inteiro:

"vou de vez agarrado aos teus cabelos"

um poema mais de metro
é o poema derradeiro
que não chega e sai de retro
sem título e paradeiro:

"vou de vez agarrado aos teus cabelos
com jeito e cheiro morno de xampu

um poema que tem dor
é o poema que tem pulso
corre as veias a vapor
e faz verso a cada impulso:

“vou de vez agarrado aos teus cabelos
com jeito e cheiro morno de xampu
envolver-me nas ondas e envolvê-los”

um poema só e seco
é o poema do deserto
sem sombra, chegada e eco
que estar pode longe ou perto:

“vou de vez agarrado aos teus cabelos
com jeito e cheiro morno de xampu
envolver-me nas ondas e envolvê-los
nos cabelos de meu desejo nu”

veredas

“tudo o que é sólido
desmancha no ar” [6]
tudo o que é só lido
diz mancha no ar
tudo o que é sol ido
dez manchas no ar

tudo é nada se a poesia
vai pelo ar
não é lida
o sol queima
a mancha engole

a troca de roupa
pelo ar
pela leitura
pelo sol
enfeita a poesia
dá-lhe rimas
encanta ritmos

---

[6] *O Manifesto Comunista.* Karl Marx e Friedrich Engels, 1848

pele macia
e cara nova

tudo o que desmancha no ar
fica sólido
na poesia do magma
nos versos da lava
na sombra deixada por você
ao meu lado na cama
que vai soprar-me coisas suas aos meus ouvidos
para trazê-la de volta mais uma vez mais

labareda

derrete a resistência ao calor
arromba os poros por gotas em meda
espalha aqui e ali manchas de ardor
uma fornalha avança na alameda

na garganta, a voz se perde sem cor
deixam os olhos o brilho da seda
a face sente e mostra a dor sem dor
a boca se mexe e busca a vereda

não há hora, lugar, retorno ou jeito
postar-se em pulsação ou ir em frente
lá se vai equilíbrio e conceito

mais veias procura o sangue corrente
os braços criam mais braços no peito
o corpo entra noutro corpo urgente

poema da paixão impossível

se ficar com você, não vai ter jeito
nem por promessas e preces a Deus
eu quero mesmo é ser um parapeito
para receber seus braços nos meus

pérola

a Catherine Deneuve

nem a pérola mais rara
que nada
    imaculada
nem que se imaginara
Catherine, de novo
estaria nas nuvens, na neve
beleza tão alva, deslumbrante
da mulher da face amante?
nem nos infinitos regaços
do cosmos de todos os tempos e espaços
haverá nada semelhante
no olhar, gesto, semblante
que ofusque Catherine em seus passos

se milagre existe
anunciado
ela é o sonho revelado

plantão

a árvore se insinua
o dia se apressa
o sol se solta entre pétalas brancas e azuis

o urubu vai chamar o horizonte
trazer a manhã desacompanhada de seu sorriso
que teimo esperar
amparado nos ombros dos dias que vieram com você
embaralhados na memória

curverso

uma curva em verso basta para eu seguir as curvas de seu corpo

um verso em curva levo para declamá-las por todo o trajeto

o vestido

tinha no vestido
um corpo da cor do desejo
justo, fértil, insinuante
graça e calor vinham
de frutos gêmeos
em compassos mágicos e macios
da parte baixa das costas
e de pombas duplas
aninhadas mornas e sem asas
na parte da frente do peito
caimento dos lados dava-lhe
um par de movimentos cheios
torneados à flor da pele
ao tecido insuperável:
não precisava passar
cor bronzeada ao sol
nunca perdia os contornos, a forma, o meneio e o viço

lua nova

lua nova, nova lua
céu e noite ela conduz
a minha vida e a tua
brilham mais à contraluz

se a ti vou, se a mim tu vens
se não vens e se não vou
a lua que tu conténs
cresce em fase onde estou

plenilúnio entre nós
é arte de bem viver
vozes juntas numa voz
dão à vida mais prazer

nova lua, lua nova
siga a nós como aprendiz
cada fase se renova
cada fase em ser feliz

perfuratriz

não será tua noite, noite minha
a lua se perdeu, não tem lugar
tua fronha ao meu lado desalinha
teu cheiro se desfaz bem devagar

totalmente sem uso a campainha
meus ouvidos não têm o que escutar
esta noite não sabe ou adivinha
a falta que faz um pouco de ar

trago o carrilhão dentro da cabeça
os ponteiros com peso de elefante
batidas de uma dor sem nome, espessa

o silêncio perfura o senso errante
o olhar inerte faz com que eu esqueça
da noite derrubada e delirante

companhia

esqueço o nome teu para não ter
de sentir acordar o desprazer
nos labirintos góticos das veias
por onde muitas vezes tu alteias

nada adianta, não se trata de crer
em quem pode mais, não cabe o poder
teu vulto, o que for, em mim tu vagueias
enredado estou eu em tuas teias

faça chuva ou sol, brisa ou ventania
tempo de agitação ou calmaria
tu podes vir ter a mim de repente

não sei se ingênuo ou fraco ou demente
sempre me assomas e tomas a mente
ou sou eu quem quer tua companhia?

cortejo

imagine não fosse a vã memória
viva entre imagens e formas e cores
passagens, luas, uma e outra estória
seguir entre borrascas e amores

não fosse vã, talvez perdesse a glória
de se ver livre de alguns dissabores
jogar no lixo os males e a escória
voar azul com águias e condores

não fosse ela, quem mais ela fosse
não teria em mãos a cor do desejo
que vem de sua boca doce em doce

beijo em beijo, embalados em cortejo
ao molho da paixão mel agridoce
ela me faz ter o que quero e vejo

Paraíso

De canto a canto de tua boca
cada canto um canto de desejo
onde cada canto de minha boca
ecoa teu canto e teu encanto

De onde tua boca em cada canto?
de onde minha boca em teu encanto?
Apenas o dia te espera para chegar
para vir o sol me amanhecer?

De onde, por onde e para onde
nos abrem os caminhos a seguir?

Bússola

No mundo por onde eu estou
me levam direções a mais
se eu paro ou fico, **não vou**
se eu vou, eu deixo atrás
decido então que eu me vou
vem você e o bem que me faz

3 canções desenlaçadas

Kilimanjaro - I

sua boca nega o que eu digo
a minha contrapõe com brandura
se as neves do Kilimanjaro estremecem com a lua
ou somente um bate-boca
se as fogueiras acesas nas vísceras se alteiam

sua boca aceita o que digo
a festa irrompe então nas passarelas de vinil e neon
os blocos dependuram de cores as avenidas
a primavera dá o primeiro passo em nosso colo

sua boca não é você, você apenas a maravilha
e bota maravilha nisso, carnuda, certeira, florada
minha boca não sou eu, eu a disponho
ao ver a sua semear conforto, convite, companhia

quem somos nós? o que queremos um do outro?
não sou montanha, estepe ou caracol
você nem de longe lembra a flor de maracujá ou açucena
embora você seja uma flor de maracujá e açucena

traçamos nosso mapa de viagem às vésperas das bocas
dizerem sandices, silêncios, objeções, ternuras
elas seguem os roteiros, escalas, pousadas, delírios
traçamos nossa rota nas costas das mãos
para que as palmas tenham lugar para nos querer e tocar
como o cometa penetrando a estrela fragorosamente

acertamos nossas paradas para respirar um pouco
deixar as bocas soltas fumegantes ou adormecidas
esticar meus braços para não ter você de levantar a saia
e você desatar minha pressa para levantar meu ardor

onde está você quando sua boca me metralha mil vezes?
onde estou eu quando minha boca lhe maltrata vezes sem conta?
onde estamos nós ao rejeitarmos o dom das bocas pelas esporas da pedra?
esse é o lugar que nos pertence e devemos chegar
não sei se trôpegos, arrasados, assustados ou prontos
onde devemos depositar cordilheiras de flores por nossa aventura
tirar os sapatos e sairmos juntos sorrindo girassóis
ou separados pisando duro e dilacerando bem-te-vis
esse o lugar, sem localização e placa de identificação na chegada
mas com uma esfinge de costas na entrada
um olho aberto, outro fechado
e um velho violino temperamental enviesado nas patas

esqueça quem é você, apago quem sou eu
traga seus olhos aos meus, ancoro o meu nos seus

haverá nesse encontro um ponto de interrogação
ou de exclamação, se aguçarmos os sentidos
minha boca deitar na sua qual manhã na terra nua
o resto fica por conta do enlevo aprisionado
solto pelas chamas trepidantes dentro em nós
única magia possível de transformar água em vinho
e nós dois em frente e verso de uma vida
que irrompe do fundo, do fundo, do fundo
de nossa paixão engalfinhada, inominada, indizível

(Estribilho)

siga em frente, lado a lado, ao meu destino sem relógio lista de compras e despertador
para que você possa desbravar as fronteiras de sua ternura e aconchego
e eu? desfilar em carro aberto meu dragão
quase domesticado – assim, nem tanto –,
,
até treiná-lo a ficar zen debaixo da amoreira

Borboletas - 2

cafungar sua nuca por trás mansa e demoradamente
beija-flor sem asas, adivinho, atrevido, inquietante
mover-lhe os pelos com o ar quente e tonto de desejo
entre pica-paus, flores do campo, borboletas
cheirar e roçar-lhe os lábios atônitos, aventureiros
montar acampamento sobre sua pele ouriçada e afogueada

ouvir repetidamente Barry White em "Just the way you are"
e seu coração disparado, forte, aventureiro
um tornado de suores e vermelhidões despencado dos poros
meus olhos congelam sua imagem arrebatada e demente
que me irrompe em desvario e aguilhoa de um êxtase sem fronteiras
incendeia em mim um paraíso transbordante e imponderável
de um movimento airado em balé improvisado
onde deixamos de existir para sermos um e outro no outro

há minas e cachoeiras a serem desbravadas, iluminadas
em suas e minhas entranhas, despudoradamente
adoravelmente leves, soltos, refinados, duas enlevadas cachoeiras

flor aprisionada - 3

sua mão na minha, me traga a eternidade e a companhia
a alegria escorrendo pelos seus dedos, regaço, pés descalços
seu sorriso abrindo a primavera de cores e alvoradas
sua boca onde a minha tem o mesmo pouso e urgência
sua boca onde a minha é aprendiz de feitiço, encanto e primaveras

sua mão na minha, me abra a eternidade e a companhia
o silêncio dos dedos tateando a alquimia da pele
seu coração palpitando anunciação, desejo arrebatado
seu cheiro jorrando gotas da flor aprisionada
a flor úmida que brota tempestuosa entre suas coxas

sua mão na minha, me leve à eternidade e à companhia
onde, onde e onde, por todos os oráculos e todas as vezes
minha mão possa ser a mão santa e desvairada
acolhendo-a na chuva, desnudando-a na chuva
levando-a docemente ao sono, acordando-a loucamente do sono
para deixar nossas mãos desabotoarem nossos corpos
sua mão na minha enquanto minha mão suspirar
todos os suspiros de amor consagrado
e os últimos

Resumo literário de José Carlos Peliano

(excluídas participações em coletâneas e antologias)

- Passagem de Nível, livro poesia, Galilei/Bsb, 1979.

- Prêmio Raimundo Correa, menção honrosa poema A Faca no Ar, Shogun/RJ, 1983.

- A Faca no ar, livro poesia, edição do autor/Bsb, 1988 (prefácio do astrônomo Ronaldo Rogério de Freitas Mourão).

- Tetraedro e Águas Emendadas, livros inéditos de poesia, menções honrosas Prêmio Jorge de Lima, UBE/RJ, 1993.

- 1ºlugar Prêmio Jorge de Lima, Vadândora, livro poesia, União Brasileira de Escritores/RJ, 1994.

- Os Pireneus e os Outros Eus, livro poesia, Relume-Dumará, RJ, 1996 (prefácio de Bernardo Élis).

- 1ºlugar Prêmio Secretaria de Cultura/DF, Dois Oceanos, livro poesia, 1999.

- Dois Oceanos, livro poesia, Barbara Bela editora/Bsb, 2000.

- Certificado de Mérito Cultural por Destaque Cultural de Taguatinga na participação em atividades artísticas e culturais, Administração Regional de Taguatinga,/DF, 2000.

- 1ºlugar Prêmio Sociedade Lewis Carroll do Brasil/SP, Brasilice, miniconto, 2010.

- Bicho varado de noite, livro poesia inédito, Brasília 2013.

- Not Me, poema classificado no Festival de Poesia da Califórnia, "Poetry", 2016.

- Degrau por degrau, livro romance, Kazuá/SP, 2017.

-Dos meus poemas roubados, livro poesia inédito, Brasília, 2018.

- Distante, perto, onde? Livro poesia inédito, Brasília, 2019.

- A Casa Voadora, livro história infantil, Patuá/SP, 2019.

- Vadândora, livro poesia, Patuá/SP, 2020 (prefácio de Thiago de Mello).

- Nada Mais, Brasília, 2020 – (tributo à poética romântica de Pablo Neruda).

- O Menino do Bandolim, livro história infantil, Patuá/SP, 2020 (prefácio do músico baiano Armandinho Macedo).

- Finalista com menção honrosa no Concurso do Sindicato dos Escritores do DF com o conto "O lago que para no ar", abril, 2021.

- Semifinalista do 3º Prêmio Internacional Pena de Ouro com o conto "A quadratura oculta do círculo", 2022.

- Os dias isolados, contos, textos e poemas, Editora Livraria da Física/SP, 2022, prefácio Dr. Paulo Saldiva.

- A Geometria Flutuante das Águas, livro poesia, publicação própria, Brasília, 2023, prefácio de Anderson Braga Horta.

-Citação em Enciclopédia da Literatura Brasileira, Afrânio Coutinho e J. Galante de Sousa, volume II, p. 1233, Fundação Biblioteca Nacional, São Paulo, 2001.

- Poesias e contos em antologias, mídias sociais e imprensa escrita (publicados no site Brasiliários, GGN e 247 e na coluna Tantas Palavras, Caderno de Arte e Diversões do Correio Braziliense, Brasília, DF).

- Instagram: #poemativo e blog www.janeladepoemas.blogspot.com

pólen bold 90 gr/m2
tipologia calisto mt
impresso no verão de 2025